矢沢宰詩集

――光る砂漠

思潮社

矢沢宰詩集——光る砂漠

思潮社

目次

I

Ⅱ

装画　著者
装幀　思潮社装幀室

矢沢宰詩集
――光る砂漠

I

ききょう

おまえは
本当に健康そうだね
つぼみは
ちょっとさわれば
はじけそうだね

一本のすじ雲

一本のすじ雲
このはてしない青空に
何かと何かを結ぶかのように
夕日で銀色にそまる

僕は好きだ　この一本のすじ雲が

こぶしの花

俺といっしょに生きてたやつも
何がいやだか悲しく散った。
山じゃ俺たちゃ　早くさく
けれどもみんな早く散る
俺もそうなる運命だろう。

鮒

われわれは

水分の少ない泥の中で動いている鮒だ！
頭を持ち上げたり身をよじったり　生きよう生きようとがんばる。
鮒は世の中のものに追いつこうと必死である。
動けば動くほど悪いとわかっていても………。

それでも鮒には時々、
澄んだ水が流れてくる時がある。
するとすぐ有頂天になってしまう。
だがまたすぐしょげてしまう。
それは泥の中しかわからないと思って………。
鮒が見るのは空の色だけである。
空に夢を話すこともある。

五月の日

私の手は糸束をにぎり、
君の手はせわしく糸玉を舞う。
その手と共に、
君の小さな口もとは、
小雀が餌をあさるように動く。
私は君の言葉をはにかんで受ける。
朝飯前の一時《ひととき》、
夜来の雨は　からりと晴れ、
五月最後の空はどこまでも
青く輝き、
庭の木や草々は
若い生き生きとした息を放つ。
風は　ポプラの小枝をわたり

部屋のシャクヤクの白い花を静かにゆする。
君は立って、
私は寝て糸束をにぎる。

すじ雲

あそこの空に、
長い二本の
すじ雲をひこう。
すじ雲には
桃色の夕焼けが光る。
むこうの山の上の
入道雲には、
僕の大好きな

看護婦さんを坐らせよう。
僕は
カンバラの
青い平野に
大の字に寝ていつまでも
これらを
見ていよう。

雪を見て

雪が降ると家が恋しい。
雪が降ると楽しくなってくる。
雪は人間の心を埋もれさす。
雪は元気と勇気をあたえる。

雪が降ると今年も行ってしまうかと思う。
雪が降ると遠い昔を思い出す。

早春

雀の声の変わったような
青い空がかすむような
ああ土のにおいがかぎたい
何を求めていいのやら
きっとしまっているような
ああ土の上を転げまわりたい
淡い眠りの中の夢のような
生きなければいけないけれど
何だか死んでもいいような

去年の春女がくれた山桜
まぶたの中に浮かぶような

感謝

とにかく素晴らしい夜だった、
ガラス窓に
春の淡い月の光が射しこみ
どこか遠くで
九時を知らせるオルゴールも
鳴っていた、
これだけで僕は満足した、
細い指をしっかり組んで
深く深く神に感謝した、

熱い涙が耳たぶをつたって
枕の上にポトリと落ちた時、
僕はがんばるぞ！　と思った。

春の夜の窓は開けて

電気はつけないことにしよう
窓は開けておくことにして
春の夜の清く甘ずっぱいような香りを
部屋の中いっぱいにしよう
そして俺は
静かに神様とお話をしよう

本当に

本当になって
話をきいてくれると
そのうれしさに
目のまわりがあつくなる
でもその人に
はずかしいから
ぐっとこらえると
ひざが
ガクガクしてきて
体がふっと浮きそうだ

僕から

僕から
イエス様を
とり去れば
僕は灰になる
僕から
詩を
とり去れば
僕は灰になる

おれの

おれの中に

もう一人
すばらしい
人間がいて……
そいつと
しっかり
手をむすんで
生きて
行きたい

五月の詩

僕は、燃えがらではない、
一つのベッドをあたえられて
悲しみながら

じっとがまんしているんだ、
「ちょっと今晴れているか、空を見てくれ」
人間て言う奴を
考えれば考えるほど不思議に思える。
その不思議の深さを
本当にはっきり見た人が
死んで行くのだろうか。
花は花として見たい
草は草として見たい
かわいい女の子を
そうと手の平《ひら》に乗せて
いつまでもいつまでも
見ているような気持ちになりたい、
そんな気持ちになるよう
がんばろう！

それでも

ああ悲しい
何もかも悲しい
毎日こうだ　毎日こうだ！
これでも生きて行く
何でもいやだ
ただ生きて行きたい
わがままか？

それで　どうなるのだ
これで　おわりたくないのだ

お前はそれでいいかもしれん、
だが俺はいやだ！

君は　わらうかもしれん
だが　俺は　真剣だ

どうにもならないものを
どうにかしようとおもっても
やっぱりどうにもならない
それでもどうにかしようとがんばる
いつまでもかんがえる。

俺はこれで終わるとは思わない
何かある
きっとある！

俺は夜になると思う
今日一日生きられたと言う
喜びの感謝と
なぜ生きているのだ！
なんのために
なぜ生きたいのだ……と

俺は考える
何がなんだか
わからなくなってくる
俺は心の中でさけぶ
どうすればいいんだ！
………
俺はわからない

絶対に生きる！
最後の最後まで生きる
それがどんな状態になろうともだ！
死なんかとんでもない！

そうだ君等から見れば
バカな奴に思えるだろう
それでも俺は
精一杯のつもりだよ

五月が去るとて

五月が去るとて

何を悲しむ。

たとえ伏す身といえど
熱き血潮をたぎらせて
生きると決したは
この五月の時では
なかったのか。

五月が去るとて
何を悲しむ。

この胸に
真白きバラを
押しつけて
進もうと誓いしは

この五月の時では
なかったのか。

五月が去るとて
何を悲しむ。

ああ　だがこの若き十六歳を
むかえての
五月が再びまいらぬと思えば
我胸は涙でむせぶ。

俺の中の貴方に

貴方は俺の胸の一番おくで静かに死ね

貴方は今までどれほど俺の胸をさわがせ
喜びを苦しみを悲しみをあたえた事か
でも今日かぎりで貴方は
俺の胸の一番おく深くで
静かにやさしく死ね！
貴方が待っていたような
やわらかい肉で今度は
俺があたたかくしめつけてあげよう
貴方はいつまでもそこから首を出すな
ああああなたは胸の中で真珠になって出てきはしまい！
俺は知っている
俺の中の貴方よ
俺の中の貴方よ
………
さようなら……

詩を書くから

詩を書くから悩むのか
悩むから詩を書くのか
そうだ俺は悩むから
詩がうまれるのだ

思い出の中の

どうしても
この淋しさを
おさえきれないのです
六月の
雨の夕暮れは……

歌を歌うには疲れました
壁を叩くのもいやになった

顔をうつ伏して
思い出の中の
ふるさとをさぐるだけ！
家では飯を作り始めた頃でしょう

詩の散歩

コロコロと
桃色の玉や
紫の玉や
緑の玉やを

上手に使いわけ
詩が朝の散歩に
行きました

二人で話したこと

これから
どうなるんだろ？
二人でベッドに
ねそべりながら考える。
高校へ行きたい、
俺達は何も出来ないから
勉強をやっておいたほうがいい。
でも家がびんぼうでなあ……

商売をやりたい、
しかし、こんな体ではなあ……
結論はなるようになるだろう?……
そしたらそうなった所で
一生懸命やろう　と、
言う事だった。

未来に対して
夢はあるよ、
何かは出来ると思う。
これまで生きてこられたことは、
神が俺達に何か役にたたせようと
思っての事かもしれないから、

そうかんがえれば俺達はなんの力もないようだが、

どうにかして生きていけないこともないように
思うなあ

おしえて下さい

神様おしえて下さい
美しいのは美しいと
見ていいでしょう？
好きなのは
好きだ！　といってもいいでしょう？
それがどんなになろうとも
あるものはあります
好きなんです
生きたいんです

悲しいんです
みんなみんなです。

でもどうしようもないのは
どうしようもないのでしょうか？
神様　おしえて下さい

空が

空があんまり青いので
かた目をつむって
見たらば
母のような
やさしいものが

よこぎった
俺はうれしかった

秋

秋は透明な
薄いむらさきだ
むらさきの秋は
騒がしいものを寄せつけない
体の透きとおる人をだけ
そうっと淋しくなでるのだ
むらさきの中では
淋しがりやだが
強い死なない人だけが

首をたれて
落葉をハラハラと浴びるのだ

さびしさのおとずれ

風のように
窓からくびをだして
お前は私をよぶ
私はえんぴつをおいて
冬の中をあるく
お前は黙って
私の顔をみつめ
私はそうっとお前をだく

お前はときどきくるんだね。

歩くこと

歩くこと
それはなんと
すばらしいことだろう。
歩くのに目的がなくてなぜ歩こう
歩くとは
宙を歩くことではない
歩くとは
大地を歩くことだ。

ズルズルと

俺の足は重たい
ヨタヨタと
俺の足は力ない
フラフラと
夢遊病者のようだ。
なぜそんなに
ひきずって歩くのだ
そんな歩き方は
大地に対して失礼だ。

軽く　しっかり歩こう。
そう　きめた。

今日は

今日は十二月三十一日。
記録的な大雪。
平野は雪に埋もれ。
家も木も雪に埋もれ。
病室のカベは増々《ますます》白くなり。
おさむも埋もれてしまいそうです。
お母さん。

幸せ

雪は
天国の

あまりにも
幸福すぎるのに
退屈して
世の中へ
フワフワと
消えに降りてくるのだとさ
フワフワと
フワフワと

雪はバカだなあ

武器

ぼくは天才少年ではないから

ぼくの持っているものだけを
ぼくにあうように
つまみだせばいいのさ

するとそこに小さな真実が生まれる
その小さな真実を
恥かしがることはないのだよ
その小さな真実を
どっこいしょ！　と背負って
旅をすればいいのさ

幻想

しろい豊かな膝は雪のよう

雪の下には春が潜《ひそ》む
雪に
ぼくはそうっと手をのせる

そうやって貴女の目を見つめていると
ぼくは泣けて泣けて仕方ない
何だかこのまま子供になるんじゃないかしら
ねー　歌をうたって下さいな。
ねー　このまま眠ってもいい？

この雪はあったかい雪だなあ

この雪はぼくの涙では溶けない雪だなあ
……………

決心

ぼくの心は勲章であってはならない
ぼくのものの中に何もいれてはならない
ぼくからもまた人の中へはいろうとしてはならない
それはおんぶすることだ
かたをくむことではない
ぼくの心はぼくの奥で
黒光りさせる
売りに出してはならない

山の頂上の一本松の下で
ぼくはどっかりあぐらをかき
ぼくの心をみがこう
そのぼくの心を

命をかけて欲しいという人が
訪ねて来るまで待っていよう

あなたの手は

あなたの手は
握りしめるとあたたかくなる手だ
あなたの手は
あたためるとひよこが生まれる手だ

詩よお前は

詩よ

お前はやがて消えてゆく足跡
紙の上から消えてゆくぼくの足跡
詩よ
消えてゆく悲しみを嘆かないでおくれ
お前はぼくの中で生きているのだ
ぼくの中にあるかぎり消えはしないのだ
ぼくが命を受けたその時から
お前はぼくといっしょなのだ
そして足跡の消える悲しみよりも
消えることのない永遠の苦しみを
ぼくといっしょに背負っているのだ
詩よ
永遠の中にひたろうではないか
悲しみも苦しみもお前もぼくも
みんなでひたろうではないか

空への告白

私は来るのを待っています。
青い間から
大手をひろげて私を抱きあげてくれるものを待っています。
ねてもおきても窓を開けはなって
祈るようにほおづえをついて
いつも空ばかり見つめています。
それより他に方法はないんだと思っています。
あんまり一面に青い日は
私は悲しくて口笛や歌ばかり歌って何も考えまいとします。
それは青さがあまりにもはてしなく
待つことしか知らない私があわれに無力になってしまうのでヤケになるからです。

どうして私は待つことだけしか知らないのでしょう。
待つことは悪いことでしょうか。
自分でもわからないのです。
私は乞食かもしれません。
空を見つめて肉の切れはしが落ちてくるのを悲しんだり胸をときめかして待っている
最もいやしい怠け者の乞食なのかもしれません。

入道雲

大男になって
またいだり
よじ登ったり
いっきにかけおりたりして
ふるさとへ帰りたい

汽車

毎夜ベッドが聞いていた
汽笛に乗って
今、私は家に帰る

再会

誰もいない
校庭をめぐって
松の下にきたら
秋がひっそりと立っていた

私は黙って手をのばし
秋も黙って手をのばし
まばたきもせずに見つめ合った

さびしい道

この道を行くと
どこへ行くのか私は今
知らない
でも私はどうしても
どうしてもこの道を行きたい
身も心もはりさけそうな
さびしい道

だれも寄りそうてきてくれそうにない
この道
でもやっぱりこの道を行きたい

風が

あなたのふるさとの風が
橋にこしかけて
あなたのくる日を待っている

美しいもの

私はこの頃よく美しいものを見る。秋のために美しいものが多くあるのか、私の心が開いているためだろうか。例えば、昼さがり散歩していてリンドウの花を見つけた。コップにさそうと思って手折ってみると、ガが花の中に身をひそませて死んでいた。はじめはガだとわからなかったのだけど、他の花と見比べてみて、はじめてガだと気がついた。どうしてこんな中にはいって死んでしまったのだろう。彼女のそのわけを知りたいと思った。しかし、いずれにしてもこんな秋の日の中の、しかもリンドウの花の中で死んで行けるものは、幸せだ。私はその花をそうっと枯草の中にうずめてきた。

足跡に滲む悲しい記憶

枯葉が堆積した斜面にね、太古の白夜に発生したひょろ長い茸ばかりが生えているんだ。ここにもある、あそこにもあるとぼかぁいいながら降りていったんだ。茨が服を引っ掻いてね、ぼかぁ、フラフラしながら降りていったんだ。ぼかぁだんだん重苦しくなってね、その時ふと空が見たいなあと思ったけど、見あげても空がないんだよ。ぐったり俯いて大木の切株を見ていたら、急に花が欲しくなったんだ。ぼかぁ、カサコソと枯葉を鳴らして斜面を降《くだ》ったんだ。青白い薄っぺらの花がぼくの足に触って揺れていたのでね、ぼかぁそおっと茎を嚙み切って花をくわえながら降《くだ》ったんだ。いつか道に出て、その道が石だたみになってね、今度は歩くたびに体も心も軽くなって石だたみの道の向うにボォウと空が霞むようにあったんだ。ぼかぁ花を大事に両手に包んで少し元気に歩いたんだよ。道は交錯してね、東の道に赤い服を着た女の人が見えるんだ。ぼかぁ女の人にも急に逢いたくなって、オーイ、オーイと呼ぶんだけど、女の人はいっこうに振り向かないのだよ。ぼかぁ悲しくなってね、大事にしていた花をポソッと捨てたんだ。すると女の人がね、朝日に輝くまっ赤な花になったんだ。美しいなあと思ったよ。でもね、ぼかぁそれを折る手が出なかったんだよ。ぼかぁ、それよりもあの斜面の白い、ひょろ長い茸を想い出して、背中が寒くなって怖かったけど、ほんとにぼかぁ気ちがいになるんじゃないかと思うほど怖かったんだけど、またあの茸の群の中を夢中になって歩きたかったんだ。

第一に死が

第一に、そこに死があり、死と戦わなければならなかった。そこには死と自分だけしかなかった。そこから個人的な真実、祈りが生まれ、それが詩となって表わされた。だからそれはリアルな、最もリアルなものである。

自分の命のために、愛を求め、生の真実を探るためにもがいていた。これは絶対に間違いではなかったし、今もこれが十分あてはまると確信している。

少年

光る砂漠
影をだいて
少年は魚をつる

青い目
ふるえる指先
少年は早く
魚をつりたい

そして終わりに

（一）

いい人になって下さい。
幸せになって下さい。

私だってあなたに負けないぐらい
いい人になります。
幸せになります。

（二）

しかし
私は予感していた。
首飾りをした美しい

あなたが
黙って椅子にかけていた　と。
とおい国を想っていた　と。

（三）

秋の日の中で
あなたと逢う約束はもうはたせない。
風は泣くだろう。
野菊は飛行機雲を見あげないだろう。

（四）

欲情な言葉
愚劣な行為
俺が悪かったな
悪いことをした

利己主義だった

（五）

よくわかった。
私はよくわかった。
私はまだやれる。
私はやってみせる。
そしていつかきっと帰ってくる。

（六）

それでも秋の夕暮れに淋しいときは
夏の日のよみがえる想いを許して下さい。

小道がみえる

小道がみえる
白い橋もみえる
みんな
思い出の風景だ
然しわたしが居ない
わたしは何処へ行ったのだ？
そしてわたしの愛は？

（絶筆）

Ⅱ

一人の人間として

一人の人間として生まれたが
若い青春の日日をも味わえず
短かい人間の命の
その何分の一かを生きようと
青い天井を毎日見つづける。

一人の人間が動かれもせず
物置の中のガラクタがころがっているように
いっそ鎖でギリギリにまかれ
裸山に放り出され
雨にさらされ風に吹かれ
太陽の熱でにえくりかえって
かたい石に生まれ変ろう。

ポイ！　とね

庭の草がみんな枯れた。
ヒバの木だけが緑だ。
ガラス戸が
ガタガタ鳴る。
カーテンが
パラーリパラーリゆれる。
俺は人間なんていやだ！　と
思う心がいつもある。
僕はこの心を
何かに包んで外へ
ポイと投げて置きたい。

自分は

自分は胸がムキムキして来る時がある。
何が何でもうれしくなって来る時がある。
それは寝ていてほんのちょっとした
きっかけがそうさせる。
例えば屋根の上で雀が転んだとか
誰かが笑みを浮かべてドアの所に
現われた時とか
自分の考えが実証された時等々
胸がムキムキして来て
何が何でもうれしくなって来る。

希望

とろんとした暖かさの中に
時々響くバイクの音や
煙突よりも
向うの空で
はちきれそうに
鳴く雲雀。
頭を出したばかりの
名も知らぬ草々に
薄くほほえむ太陽。
こんな時僕は
なんとはなしに
あくびをする。
大きな大きな

あくびをする。

桐の花

桐の花が咲く頃だ
あの匂いを
いやだと言う人もいるが
僕は好きだ
病院の窓の外には　桐はない
むらさきに薄く匂う桐の花を思い出す

桐の花　桐の花と　紙に書いていたら……
弟が　よんでいるようだ
桐の花を一枝持って

いっしょうけんめい走ってくるようだ

ため息をつけば

ため息をつけば
それでよいかと思いやがって
テメー一人が苦しいんではないやい
なんかいわれればすぐ首をたれ
少しほめればすぐつけあがりやがる
バカヤロー

世の中を何も知らないくせに
自分だけ悩んでます　てな面をしやがって
なんだってんだ

淋しさを知ってたって
そこから抜けだすことを知らないくせに
もっともらしい理屈をつけて
わめいてやがる

あやまって見ろってんだ
心からわるうございました、と
あやまって見ろってんだ
なんだあやまることすら知らないのか
テメーの心根は
そんなにまでくさってんのか

神様ぁなんてひざまずくな
きさまが　ウワッツラだけで
救いを求めていることは

百もしょうちだ
もう少し下腹に力を入れて
ふんばって見ろってんだ

勝負

うすぐらい夜の中に
俺はむっくり起きあがり
やせ細った体を
ボクシングをする時のかまえにした
そのままじっとしていると
蛙がわいわいと声援を送る
さあ　これからが勝負だ
腕をぐん！と伸ばして俺は寝た

ベンチ

ベッドのそばにベンチを置こう
誰かがたずねて来たらすぐこしかけられるように。
この間は大きなまじり気のない目の持ち主
フジ子ちゃんがこしかけてくれた。
僕はもうあんな子供の目に戻れない。
来週の木曜日には母がこしかけてくれるだろう。
僕も時々こしかけて一人ごとをいおう
公園ベンチにこしかけている気分を出して……。

ふるさとの匂い

ふるさとの匂いが

俺の胸からしだいに
消えかかると
涙の奴が
活発になりやがる

俺が夕飯時の今
ひょっこり家に帰ったら
まあまあと
ひきとめて
赤い塗りの
客用膳に
粗末な惣菜を付けて
食えと出すだろう
それは貧しい　しかし
なつかしい味の深い匂いだ

夜道なんか歩けば
柿や栗や枯葉の匂いが
村中を包んでいるだろう
それ等もたしかに
ふるさとの匂いだ

匂いを袋につめて送ってくれと
手紙を出そうか……。
今夜そうっと抜け出して行って
胸の中へ
キチキチにふるさとの匂いを
つめこんでこようか……。

春の窓

——に

ゆらゆらゆれる
カーテンにつかまって
とおーい空のことを考えます
なげ出した足に
陽炎が燃えうつりました

行くな　と誰かが
ひきとめるが
だんだんと　ぼくは
とおーい空のことばかり
思います

元気を

弟達の
私を見上げたそのひとみの
涼しい青さに
〝元気〟を握りしめて
高く胸にかかげて見せました

さやえんどう

ことしも朝飯の汁に
さやえんどうのはいる頃となった。
この新鮮な緑色を口にいれたら
道ばたの畑でさやえんどうの白と紫の

小さな花が揺れているふるさとが
お膳の中にほろほろとこぼれた。

私はいつも思う

私はいつも思う。
石油のように
清《す》んで美しい小便がしたい　と。
しかも火をつければ
燃えるような力を持った
小便がしたい　と。

入学して

私の教室には
にごった川を渡り
ほこりだらけの道を横ぎり
若緑のやなぎをゆらした
春風がはいってくる。
身も心も
怖しいほど不安な私に
喜びとなぐさめを与えてくれるもの
春風と
若緑のしだれ柳。
私が一番うれしいこと
春風としだれ柳に会えたこと。

電車

雲が流れてきて止まり
小さなトンネルを
出たばかりの電車が
その影をひろった。
…………
線路わきのタンポポは
何事もなかったように
またゆれた。

会う

花を手渡す
花を受けとる
むし暑い空気の中のひとみ。

ずーっと不安だった心が
こそっと崩れて
よこがおが
水のようになめらかに
うれしい。

柿の花

廻り道して行くと
柿の花がいっぱい落ちています
プツプツとその花を踏むのが
私は好きです

柿の花を糸に通して《ぬいご》
首飾りを作ったものです

あの夜

誰もいない競馬場の夜も星がいっぱいだった。広い原っぱを歩いてあなたは、北海道もこんなでしょうね、といった。

北海道もきっと星が地平線のかなたまで続いているんだろうね。

私はどんなことがあっても忘れない
あなたの告白
頷いた白い首すじ
あなたのほんとに星が映っていた瞳を

Ⅲ

帰って見たい

もう一度、もう一度、あの場所に帰りたい、あの場所に。
泣いたことも、眠ったこともある、ぬくみのあるやわらかい所、
それは、だれにとっても帰りたい、この世で、一番良い
みんな通ってきたことのある、いこいの場所。母の、母のひざの上。
僕は今も思うのである。大人はそんなこと考えていないようだが、
本当は思っているのだ。
ひざの上に乗り乳房をふくむ姿を、思いうかべる。
もう一度、行きたい、母にあの上であまえたい。
これを考えている時、どんな気持がするか、
むねがさわぐのをおぼえ、自然にニタニタとわらう。
しかしもうそんな事は出来ないのだ。
はずかしい、しかし、一人で考えている、みんなが口には出さずに。
もうこんな望みは出来ないが、ひざの上に帰りたい。眠って見たい。

泣いて見たい。お話したい。

空が好きだ！

俺は空が好きだ。
青いお前が
曇っていても晴れることを信じ
いつまでもお前が好きだ。

空よ！
お前と神が俺のことをしっているわけだ。
だから俺は、神とともにお前を尊敬し愛す。

たしかにお前は俺を力づけ慰め

あらゆる点で俺には利になった
俺のためでなくても、俺には
そう思える。
感謝の気持ちとお前の力を考えると、
何だか楽しくなってきて、
牛乳ビンをガリガリかじる。

とってもお前を好きだからだ

枯れた菊

きょうの夕焼けはきれいです。
窓一面にはだ色のぼかしが広がり
その中に一つ二つ薄黒い小さな雲が

静かに流れている。
そういえばきょう退院した人がいる。
お父さんとお母さんが迎えに来て
お昼前に帰って行った。
喜んであげなければいけないのに
とっても淋しかった。
部屋のすみにある黄色の小さな菊は
葉まで黄色になってみんな下をむいている。
だって誰も変えてくれない。
でも　もういいんだ。
きょうの夕焼けはきれいだ。

友よ

さあ友よ、
薄暗い廊下で
凍傷《しもやけ》の赤い手をぶらぶら下げ
ゴムぞうりをパタパタと
鳴らして歩かずに、
早く布団の中にもぐりこもう。

一人の人間として、
同じ人間として、
今　生きている。
十分先一分先はわからない。
だが今
貴方も私も生きている事には

変わりないはずだ。
どんな所でどんなふうに生きているとしても
今　生きていると言う事は、
私もほこりを持っていい事だ、
みんなも同じだ！

誰が？

僕がやっと神様や希望に
小さな夢を築きあげると
何かが来てそれをぶちこわしてしまう
誰が？
自分で……悪魔が……現実が……

なぜ口びるをかんで拳を握り
不安のかたまりとなって
ベッドの上で生きて行かなければ
いけないのか？
僕は
わからない
でもこうやってきょうも
また生きて来た。

去年よりは

去年よりは病気は少し
良いそうだ、
だから喜んでもいいはずなのに

俺はやっぱり悲しい
なぜだろう?……

こんな時は
イエス様より別な誰かと
心行くまで話がしたい
灯りをつけない部屋の
ねこやなぎは
銀色には光らない
奴もこんな所へ来たのが
さいなんだ。

去年より病気は少し良いそうだ
だから喜んでもいいはずなのに
曇り空が夕暮に近くなるのを見ていると

俺はやっぱり淋しい。

谷間で考える

静かな谷間に
誰から愛される事も
愛す事もなく
苦しめられる事も
苦しめる事もなく
そうっと咲いてそうっと散る
ゆりの花のようになりたい。
私は考える。
人間に生まれて来て
感謝すべきなのだろうか

永遠の喜びも何もいらぬ
そうっと咲いてそうっと散るただそれだけでいい。
でもそれは人間である私が考える事
ゆりにはやっぱりゆりの喜び悲しみがあるのだろうか……。

一人で

ひざに顔を埋めて
暗い布団の中で考える
神様の事を
幼い頃の思い出を
大好きな
あの女の事を
でも神様の事も

昔の事も
その女の事も
みんなみんなわからない。

夢の中の話でもなく
物語の中にいるのでもない
おんおんと泣きながら
太陽の事をにらんだり
板や壁をぶんなぐって
そこらじゅうを
のたうち回っても
その目の前にあるのは
孤独と死があるだけ
一人はいやだ！
死ぬのはいやだ！

雑頭《ざっとう》

それでもまだ生きられると思ってんだから
治ったら治ったら
なんてばかり思ってんだから
まったくかわいそうで
話にならんて！

みんなみんないらない！
みんなみんないらない！
（と言っても自分から命を絶つ事はしない）
こんな人間に俺はなって見たい。

神？
神を信じたい！
本当に本当に神を信じたい。

ばかやろう！
と言う言葉があるから使ったまでだ！
誰に言ったのでもない。

時間を食う
からくて
すっぱくて
甘くて
温かく
悪臭とどす黒い色をした
時間を食う

そこから出てくる物はかすばかりか⁉
青春て何だろう？
（あるよ、あるよ君だってあるよ！）
そんな物！　はいらない……？
（くやしくて言うのではない）
いるのは絶対なる平安！
愛！　命！
ああ……。

椿

朝一つ
夜一つ

ベッドのうえへ
ボソッという音を立て
椿の花が
知らない間に
散った
俺は椿の花が大きらいだ
ボソッと音を立てて
何のねばりもなく
散ってしまうから

十六歳の夜

雲一つない五月の夜空に
半かけの月が

生命の最低線まで行った者の
集まりのうえに
何んの味気もなく光っている。
その集まりの内に
今日十六をむかえた男が
一人いる
その男は窓によじ登り
何を思い考えているだろうか。

涙多い十五歳だった
そうしたところで
何も得る物がないと知りながら
枕を力いっぱい抱きしめて見たり……
しかし今日を境に
泣き虫なんかにならない事にしよう。

僕には神様がいるんだ！
あの女を僕が
好きだと言う事を
誰も知ってくれなくても
神様は知っているんだ！
僕には生きる苦しさも
死ぬ事もちっともこわくない
淋しい時があっても
僕ははりきるんだ！

その男は小さな手鏡を
じっと見ていた
その顔は青く光っていた
白い歯を大きく出して笑っていた。

俺は

(1)

俺は前からむらさきの
いろがすきだった
むらさきの花が
部屋の中にあって
うれしい

(2)

俺はきのうの夜
こわーいこわーい
夢を見た

俺は　たしかにたしかに
これまで生きてきた事を
かんしゃする

(3)

俺は　わからない
でも俺に責任が
ない訳ではない
力強く
心安く生きたい

(4)

俺は
なぜ心のなかで
ゴミすて場の

ようなところばかり
ほじっくっているのだ！
もっと清い人間になりたい

(5)

俺は
こまるなあ
すぐ胸のなかで
おんなのことを思ってしまう
いくらなんでも
こまるなあ

いたずらに

昨夜
いたずらに
ゆいごんの下書きをした。
きょうは
五月の空も青く
煙突からは
真っ黒な
煙がモクモクでている
俺は元気だ。

友は

友はくさの上にねて
僕はまどの上から話しかける
キリスト様のことを
空の青いことを

波をうちたい

俺はあの青草の上にねる事を
あこがれている
肌にふれると気持の良い
五月の風に吹かれて
ギラギラと波をうつ

あの青草の上にねる事を夢見る。
俺もギラギラと波がうちたい
そうすると俺と言う奴が
もっと落ち着くような気がする
そうすると俺と言う奴が
もっと世界の広さを感じるような気がする。

歌を歌った後

歌を歌った後——
大の字に体を投げだして
バカにうれしくなって来た。
だあれもいない部屋で
一人歌を歌う。

炭坑節を歌った
佐渡おけさも
会津磐梯山も
黒田節も
メチャクチャに歌った。
こんなに陽気な事は
この二、三年来ないことだ。
何が俺をこんなに
楽しくさせるんだろう?

ああだが歌を歌った後の淋しさよ!
宇宙のどこかへ突き落とされるような
気味の悪い淋しさよ
だあれもいない部屋で一人
宇宙のもくずと消えて行く淋しさよ

俺はどこまで落ちて行くのだ。

弟達に

弟達よ
早く大きくなってくれ
その頃になれば私も少しは自由になれるだろう
そしたらみんなで
詩の話をしたり
政治の話なんかもして
山へ行って歌をうたい
川へ行って魚をつり
一生懸命働いて
勉強をし

そしてみんなで仲良くして行こう。
………………
こんな事を
レントゲンに行って帰って来た
体を休めながら思う。

僕はなくなる

僕はたしかになくなる
そう　近い内だよ……
二つちゃんとそろえて育ててくれた
母さんには悪いけど
一つはどこかに捨てちゃって
一つはぶすぶすと穴を開けられた。

筋を　ぐい！　と一本抜かれると
それで僕はなくなる。
目に見えない
「何とか」と言う奴が生きるために
僕を食っているのだとさ。
僕も「宇宙」や宇宙と同じ大きさの
「時」といっしょに
いつまでも生きていたいけど
僕は確かになくなる。
僕は無くなってどうなるのか？
僕は無くなって本当になくなるのか？
それとも
僕は無くなるけど
僕の中の僕がまた生きるのか。
そうだとしたら

つぎの僕が僕の中でもう準備しているだろう。
とにかく僕はなくなる
そう　近い内に……。

すずめのたよりより

○○君お元気ですか？　いよいよ春が近づいてきましたね。ぼくには最近恋人ができました。名前はチーちゃんです。目玉がクリックリッとしたとってもよく笑うかわいい子です。ぼく達はよく○○君の部屋の窓の外にある電信柱の上で恋をささやき合います。（失礼）
ぼく達が知り合ったのは大きな川のそばにある麦畑です。ぼくの見つけた餌を半分やったらチーちゃんが紅い布をくびにまいてくれました。その時からぼく達は恋にはいりました。

空はうっとり晴れ、屋根で陽炎が燃えているのが見えます。○○君も早く野に出てぼく達とあそびましょう。
その日の来るのを待っています。

三月十四日　すず男

○○君へ

私の中で

私の中で他人《ひと》の花は咲かない
他人《ひと》の中で私の花は咲かない
私には私の中で私の花が咲く
枯れて行く花が……
そよ風にも散りそうな
弱い花

それでもいっしょうけんめいに開こうと
努力する強い花
そういう花を私はかざりたい

花しょうぶ

死にたくはない
でもどこか遠くへ行ってしまいたい。
山おくへ？
ううん。
海の底へ？
ううん。
あの水辺の紫の花の中へ
ほそぼそと風にゆれながらたたずんでいたい。

うそをつくこともなく
人を好きになることもせず
黙っていつまでもたたずんでいたい。

Sailor

ベッドはいかだで
ぼくは水夫だ
海と空のまんなかで
ゆられゆられて
船出の目的も
行きつく所も知らない
のんきな水夫だ
　いつまで漂うのかなあ

露草の歌う

私が雨にうたれてふるえていたって
それはあなたにとって何の関係もないことだ。
あなたはうそつきでもない
裏切ったのでもない
やさしい
ほんとにいい人だ。
でも私のそばを赤いコウモリをさして通った娘さんよ
私はあなたに見て欲しかったのだ。
それなのにあなたは
私の知らない遠い南の国の花の歌をうたってふりむきもせず行って
　しまったのだ。
私はそれが悲しくて悲しくて仕方ないのだ。
でもあなたはちっとも悪い人ではないのだ。

老人の目

——祖父に

白い懐中時計は
老人の目をしょぼつかさせて
病院の長い廊下を帰らせた。

あの目はやがて
空　に手をふることも　いろいろな
風　を食うこともなくなる。

ただそれだけのことだ
ただそれだけのことだが。

私の目にまで

ポッカリ穴があいてしまったのだ
これはどうしたことだ
これはどうしてなんだ。

ある秋の日に

秋がもっと青い空を運んできたら
私は体を分解してみよう。

脳みそに風をとおし
はらわたを樹にひっかけて干し
手は椅子の上に投げ出しておこう
足は思う所へ行くがいい。

そうした中でほんとの悲しみが湧いてきたら
夕暮　みんなで集まって酒宴をひらこう。

別れるにあたって

いやだな
あなたが大人の世界に入るなんて
あなたの瑞瑞《みずみず》しい心と体が
澱んだ大人の世界に入るなんて
子供たちといっしょに笑った
あの笑声が大人のそれになるなんて
いやだな
いやだ　いやだ
あなたをこのまま

はしゃいだ子供の世界におきたい。

私にはどうしょうもない
あなたの運命
あなたは子供の心を捨てて
これからずーっと
大人の中で
大人の心を背負って生きる
口ぎたない
目の濁った
脂ぎった顔、顔の中で生きる
あなた自身どうしょうもない
あなたの運命。

思い出してくれ！

あの頃の懐しさに涙を流してくれ
そうして
ときどきは
青空を見あげて
疲れた心を放してくれ。

母さん

母さん
きょうは遅かったね
ご苦労さんでした
階下におりないでもうねるよ
おやすみ
母さん

全快橋の上で

——病院に行って

橋の上で小舟を見ていた。
それから
さようならといったら
歯が光った。
バスに乗って
手を振ると
樹や家の間に
青い服が立っていた。

ほたるは星になった

暗い河辺には
静かなほたるの宴があった。
ささやき合うように
命がもえて
夜つゆが光り
………
二つの光が
もつれて河面に散った。

あまりにも淡かったので
あまりにも清らかだったので
光は愛し合い
はるかなる旅へ去った。

…………

私はうるんだ心を抱いて
河辺の草の中をぬけた。
星がキラキラとまばたいていた。
ほたるは
きっとあの星のむれに入るだろう。

あまい花びら

この花を吸うとあまいんだわ
あなたはそういって教えてくれた。
ぼくはさっそく山へ行って
紫の小さな花びらに口をあてた。

ほんとだ！　少しあまいね
ぼくはひどくうれしかったので
その花びらを日記にはさんでおいたよ
いつか　それをあなたに出して見せる日があるように。

ふるさと

（一）

ふるさとは
ただ静かにその懐に
わたしを連れこんだ。
雲でもなく幻でもなく
生きた眼と心を持って

わたしははいっていった。
青いにおいにむせかえって
ことばもなく
遠い日の記憶が
足からよみがえった。

（二）

水は白い壁と天井と共に
命の中にあり
ふるさとの山にあった。
苔むした岩肌をたたき
その響きは命の中にも流れていた。
手をさし入れて
静寂の中で二つの水が混ったとき
まぶしい輝きを覚え

「山に水を返した」と思った。

海辺で

波がおしよせると
不思議な笑みをうかべ
あなたは消える
私はあわててかけより
小さな貝がらを
あなためがけて投げつける。
すると魚が集まり
宝石のように
しぶきがあがる
私は手をさしのべて

しぶきの中から
濡れたあなたの手が引っぱるのを待つ
……
二人はそうやって海辺であそんでいた。

雪の町

誰もいない夜の町を
リンゴをかじりながら歩いた
リンゴの黄色い肉を
ぼくは夢中でかじった。
心をこめてかじった。
背中の無気味なアドバルーンが
そんなぼくを見つめていた。

歯が冷たくなり
喉が冷たくなり
胸が冷たくなり
ぼくはリンゴを握ったまま
立ちすくんでしまった。
雪がぼくを埋め……
沈黙がぼくを埋め……

夜明けのさざめきが聞こえた時
ぼくの氷像はまぶしかった。

ぼくらは星のようになって

星が降りてきて　ぼくらは

リンゴの汁にむせんだ。
酔うような声に耳は眠り
小さな光をぼくらは囲んだ
一人一人の想いに沈みながら
〈影が動くように〉
ぼくらの心は一つだった。
そうやってぼくらは別れを惜しみ

春を待った。

冬が去りまた冬がきて
春が去りまた春がきて
ぼくらは別々の星にまたがり
遠くへとおくへ流れていった。
しかし

ぼくらは幸せを呼ぶ権利がある。

恐怖

孤独の夜に
無意味さに緊張しながら
ガラスを見つめていると
細長く黒い目が
無限の中の痕跡のようにひかる。

お前を嫌悪し
存在まで嘲笑し
その中でお前の価値を鋭く追求する。

救いなどあるものか
幼子に食いついた病気があるだけだ。
もがきながら　そして
お前は絶叫する！
おかあさん　はやくきて！

花に寄せて

「愛を求めて」

昼顔の花の中に
確実な命の証を見たいのです
心ゆさぶる感動を欲しいのです。
それは私の歴史の白い差恥心だ
乾燥した最後のあこがれだ

風前の灯だ。
ああ　だから
一握りの蔓をしっかと摑んでみたのです
夕べ密かに逢いたかったのです。
対決する私の苦痛を見つめて
じっと待っていたのです。
陽の中に花が咲いたように
消えてゆく痕跡の中でその形見を抱きたかったのです。

はじめて歩いた夜

期待にふくらんだ星空だった
僕は詩を持っていた
君はそれを受け取った。

一匹の螢を指さして
僕たちの話が始まった。
僕たちの恋の夜が始まった。

夜鷹の鳴く森まできて
僕たちは大きな石に腰かけた
僕の傷だらけの道程を僕は語った。
辛かったんだ
無理矢理話し込んだ僕のみにくい現実

覚えているだろうか
僕たちの前の破り捨てられた虫取網
暗い土の上の孤独のその形を。
君はじっと見ていた
真心のこもった美しい表情だった。

恋人よ

恋人よ早く帰れ
橋の灯の見える岸辺に
北の星空がいっぱい見える岸辺に
恋人よ　その光る瞳を
いつものように
私に返しておくれ
私の孤独の底で
私のうずき
私の喜びを抱いておくれ
早く早く　恋人よ
二人の岸辺に帰っておくれ

正午

正午
太陽の音たてて
花がひらいた
燃える石の上で
世界と離れた

恋！
待っていたものよ！
一息にかけ寄る
短縮された時間の中
どん欲に消化したい
二人の総てを
二人の水をかきまわせ

二人の泥をかきまわせ
新しい世界の作業！

また ある夜は

愛するために
愛されるために

夏の夜は
信濃川の風もあたたかかった。
あなたの問に
私はみんな素直だった。

あんたも真剣だったではないか
二人の心は耳が痛むような深い水底で
鋭く熱い言葉を交したではないか！

私はいつも不安だった

（一）

慕う心がつのればつのるほど
あなたの口もと
そこからささやかれる言葉
あなたの目つき
そこから放たれる不思議な炎
その淋しげな横顔

それらが私をいっそう不安にした。

（二）

仕事しているので
私より硬かった手
でもまるかった手
ふるえる手

私は悲しいのである。
あまりにも残念なのだ。

（三）

誰も知らない
まっ赤な星の

海辺に立って
お前のことだけを想っていたい
K子よ

（四）

いつか
私が死んだら
とうとう私に下さらなかった
藤塚浜の「恋人貝」を
きっと供えて下さい。

（五）

君はよく車の話をした
あずき色のスポーツカーが欲しいといった。
ハイウェーを走る君とぼく

でもぼくはベッドの上だ。

(六)

私に附いてきても幸福にはなれない
私は幸福にはしてやれない
しかし
私は幸福になるための努力を惜しまない
私は私の困難に最後まで抵抗する
しかし　私は知っている
それは幸福の条件になっても結果にはならないと。

あなたは幸せになりたい　私は幸せになりたい
それは自然のことだ　あたりまえのことだ
私はあなたを幸せにしてやりたい

だから私を愛してはならない。
私にはよくわかっているんだ
観念だと
不合理だと
不可能だと
私にはよくわかるんだ。

八月の雨

風は病葉を落とし
うそ寒き空気の中に流れていった
影のない梢で

それでも油蟬は音をもやしつづけた
お前は太陽が去れば笑いかけるだろう
私はその下で干いて消えるだろう

折れたコスモスの悲哀と
暗い地面の水溜りとのささやきは
何だったのだ?

ああ　ささやきは
八月の雨の日のやるせない衝動だったの?
再び交されぬ魔法だったの?
しかし
いつ何で恨むことがあろう
どうして愛惜せずにいられよう

そして朝

まだ明けやらぬ
くさはらに
あせりながら戻ってみれば
一夜にして草は枯れ
化石した樹が倒れていた
真心と肉体とが散って
やり場のない悲しみだけが
狂ったようにうろついていた。

いつから夢が夢となって
ほんとに燃えはじめ

激しく燃えはじめたのか。
それがどうしてさまよっているのか
洞《うつろ》な命だけが残っているのか
信じられない！　と

ああ
あなだらけの太陽がのぼって
忘却の時が始まったのか！

それから

美しい素足に砂ほこりをつけて
待っていたのだった。
蟬の鳴く寺で

そんなにも早く僕を待っていたのだった。

あふれるほどに
人を信じるとは……。
無言の愛を感じるとは。

はじめて知った心だった。
はじめて知った喜びだった。
静かに風の流れる中で
ほほずりせずにいられぬ僕だった。
瞳の中で
泣かずにいられぬ僕だった。

ああ
それが苦い戯れだったとは

無惨にちぎれた夏花だったとは
それは嘘だ！

ぼくの愛を

僕の愛を
お前は許した。
だから僕は一所懸命だった。
僕が探った蔓を
お前は夢の果てまで摑めと言った。
だから僕は信じてしまった。
だから僕は
貧しい僕の物語をした

それでもいいか　と。
お前は頷いた。

お前のほほのにおいと
謎めいたお前の命を
僕は知ってしまった。
二つの心は離れないと思ってしまった。

失敗

私は霧が晴れるのを待たなければよかった。
おぼろなふるさとの風景の中で
早くカミソリを走らせればよかった。
霧の中に

早く私の血と私の心を流してやればよかった。
それなのに私は晴れてゆく空とはるかな峰のいただきを
茫然と見つめていた。
盛り上った山の緑は生き生きとかがやき
陰影《かげ》になった緑は深い静寂を保って私の前に開けていった。
ふるさとの山はあまりにも濃い緑だった。
どうしてこんなにも緑なのだろう
そう思ったとき私はもういけなかった。
私はカミソリをポツポツと折った。
私の臆病さ　私の勇気のなさをののしるがいい。
しかし私はあの山の緑を見たとき
私は命が惜しかった。
空虚の中で
私の命をその中に漂わせておきたかった。
そして最後に言ったあなたの言葉を信じたかった。

「帰ってきてね」

私はどうしても信じたかったのだ。

きっと待っているから　どうしても帰りたかったのだ。

別れの歌

賭けた
愛の軌跡は
無情だった。

信じた言葉と
盗んだ口づけの
悔恨を残して　再び
乾いた彷徨の世界へ

さらば
私は往《い》ける
私は往ける

光る砂漠序

周郷　博

矢沢宰《おさむ》君は、十四歳の十月ごろから詩を書きはじめ、二年後の十六歳の十月には、その詩は二百篇にも達している。「ききょう」「早春」などの、大自然とあたかも「対話」しているような詩から始まって、少年矢沢の詩は、この十六歳から十七歳に一つの頂点に達した。と同時に、彼のいう「私の人生の出発」は、決定的なものになっていた。「本当に」や「僕から」などの詩は、驚異であり、彼の新生がそこに波打っているのを思わせる。

小学校も一年おくれでやっと卒業、その年の春、病院にかつぎこまれて、貧しさと死の影を負った病苦の中で二年数か月は寝たっきりの生活を送った矢沢君は、それから病院附設の養護中学校に通いはじめ、中学課程を特別進級で終えて、十八歳の春には自力で県立栃尾高校の受験に合格、五年にわたる病院生活に別れをつげて自宅から通学するようになる。詩は彼の「人生の出発」の夜あけのしらべであった。その後の矢沢宰君の澄んだ、調子の高い全人間的なエネルギーの流出は目をあざむくほど――奇蹟といえる。しかし、二年足らずの高校生活のあとに、病気再発でふたたび入院、それから一年後、二十一年十か月の短い生涯を閉じた。

それにしても、十五、六歳の年齢で、何がこんなに深い「なつかしさ」と啓示に富んだ詩を彼に書かせたのか。彼の五百篇にあまる詩と、十四歳の十一月三日から一日も欠かさず書きつづけた日記は、人間わざとは思えない「戦後」の「出来ごと」と思うほかない。

（『光る砂漠』童心社版から再録）

矢沢宰　略年譜

一九四四・五・七　　中国江蘇省海洲で生まれる。

一九四五・七　（一歳）　父が現地召集となり、母と二人で郷里の（現）新潟県見附市河野町へ引き揚げる。

一九五一・四　（六歳）　上北谷小学校へ入学。

一九五二・十二　（八歳）　雪を赤く染めた血尿で発病に気付き、腎臓結核と診断される。

一九五三・四　　新潟大学附属病院で右腎摘出手術を受ける。

一九五八・三　（十三歳）　一年遅れての上北谷小学校卒業とともに県立三条結核病院へ入院。以後、ベッドでの安静と闘病生活を強いられる。

一九六〇・五　（十六歳）　詩集『それでも』を手づくりで編む。

〃　・七　　詩集『詩の散歩』を自装でつくる。詩作活動は、この年と翌六一年にかけて頂点に達した。

一九六一・五　　病状の回復とともに、併設の県立三条養護学校に通いはじめる。

一九六三・三　（十八歳）　養護学校中学部を特別進級で卒業。退院して五年ぶりに自宅に帰る。

〃　・四　　県立栃尾高校へ進学し、文芸部に入る。

一九六五・三　（二十歳）　腎臓結核再発。三条結核病院に再び入院。

一九六六・三・十一　（二十一歳）　劇症肝炎を発症。永眠。詩五百篇余を遺した。

編集覚書

・「Ⅰ」は『光る砂漠』（童心社／一九六九）から、「Ⅱ」は『矢沢宰詩抄』（見附市文芸協会／一九九二）から、「Ⅲ」は『光る砂漠』（沖積舎／一九九五）から、それぞれ抄録した。

・作品の配列は、今や製作順を正確に確認できないため、詩集ごとの配列に従った。

・三冊には収録作品のダブりがあるため、早い時期の詩集を優先させた。

・題名や詩の表記は、既刊詩集がテキストとした原本に改めてあたり、それに従った。

・編集は矢沢宰記念事業実行委員会、作品の取捨選択は八木が行なった。

八木忠栄

矢《や》沢《ざわ》宰《おさむ》詩《し》集《しゅう》——光《ひか》る砂《さ》漠《ばく》

著者
矢《や》沢《ざわ》 宰《おさむ》

発行者
小田久郎

発行所
株式会社思潮社
〒一六二‐〇八四二 東京都新宿区市谷砂土原町三‐十五
電話〇三（五八〇五）七五〇一（営業）
〇三（三二六七）八一四一（編集）

印刷・製本
三報社印刷株式会社

発行日
二〇一六年十一月三日 第一刷 二〇二一年四月三十日 第三刷